GIROTONDO

CANTI PER GIOCARE

G GIUNTI Junior

QUESTO QUI SON PROPRIO IO

Francia

a   *Un naso, due occhi,*

b   *una bocca, due orecchi,*

c   *un collo, due braccia,*

d   *una testa, due mani,*

e   *un petto, due spalle,*

f   *una schiena, due gambe,*

g   *una pancia, due piedi,*

    ...

R   Sì, mamma, babbo, nonno zio
    questo qui son proprio io!

Indicare via via le parti del corpo che vengono menzionate. Si canta ripetendo i versi nel seguente ordine:
a, R; a, b, R; ...; a, b, c, d, e, f, g, R; ...

BATTI BATTI LE TUE MANINE

Francia

Bat-ti bat-ti le tue ma - ni-ne, gi - ra gi - ra

il mu - li - nel - lo Ah, bam - bi - ni che

bel - le ma - ni - ne, ah, che bel-le ma - ni - ne che ho!

a   *Batti batti le tue manine,*

b   *gira gira il mulinello.*

c   *Ah, bambini che belle manine,*
    ah, che belle manine che ho!

a   Battere le mani quattro volte;
b   farle girare a mulinello;
c   farle girare ruotando i polsi.

6

A REMAR

Francia

A re-mar bam - bi - ni, bam-bi-ni   a   re - mar bam-

bi - ni sul mar. Quan - do ven - gon   i   ca - val - lo - ni

la   bar - chet - ta fa   pluff   nel mar.

a   *A remar bambini, bambini*
       a remar bambini sul mar.

b   *Quando vengon i cavalloni*

c   *la barchetta fa pluff nel mar.*

Disporsi a coppie; sedersi uno davanti all'altro e, tenendosi le mani:

a dondolarsi avanti e indietro;
b dondolarsi a destra e a sinistra, simulando il moto delle onde;
c a «pluff» lasciarsi andare per terra.

Per i più piccini: tenere il bambino in collo e farlo dondolare cantando. A «pluff» farlo cadere all'indietro tenendogli le manine.

9

IL GIOCO DEL TRENO

Francia

Pas-sa un tre-no qui vi-cin tut-to pie-no di bam-

bin. Vien da me, die-tro a me e... non la-sciar-mi an-dar. Tsch!

a   *Passa un treno qui vicin*
    tutto pieno di bambin.
    Vien da me,
    dietro a me
    e... non lasciarmi andar. Tsch!

b   *Il trenino se ne va*
    sotto un tunnel passerà
    tutti giù
    testa in giù
    e... si potrà passar. Tsch!

c   *Sopra il ponte fischia il tren*
    tutti dritti noi sarem
    tutti su
    mani in su
    e... viva viva il tren. Tsch!

Disporsi in fila indiana;

a   camminare a zig-zag imitando il treno;
b   abbassarsi;
c   rialzarsi.

Ad ogni «Tsch!» fermarsi (il treno è arrivato a una stazione).

LA BELLA MARIONETTA

Francia

Co - sì fa fa fa que - sta bel - la ma - rio - net - ta
co - sì fa fa fa un in - chi - no e se ne va.

a   *Così fa fa fa*
    questa bella marionetta

b   *così fa fa fa*
    un inchino e se ne va.

c   *Ma poi tornerà*
    questa bella marionetta
    ma poi tornerà
    se il bambino canterà.

a   Fare girare le mani ruotando i polsi;
b   piegarle in avanti (come se facessero un
    inchino) e poi nasconderle dietro alla
    schiena;
c   farle ricomparire.

LA BELLA ADDORMENTATA NEL BOSCO

Germania

Il re con-ten-to per la fi-glia mol-ta gen-te

in-vi-tò. Il re con-ten-to per la fi-glia fe-steg-giò.

a Il re contento per la figlia
   molta gente invitò.
   Il re contento per la figlia
   festeggiò.

b La fàta brutta e orrenda venne
   a guastare quel bel dì.
   Ma venne la fatà cattiva
   maledì.

c Addormentata per cent'anni
   questa bimba resterà.
   Addormentata per cent'anni
   resterà.

d La siepe avvolse il castello
   crebbe, crebbe fino al ciel.
   La siepe avvolse il castello
   bene ben.

e Un principe cent'anni dopo
   un passaggio si aprì.
   Un principe cent'anni dopo
   apparì.

f Trovò la bella Addormentata
   nella torre la baciò.
   Trovò la bella Addormentata
   la baciò.

g Dal lungo sonno risvegliata
   la fanciulla lo guardò.
   Dal lungo sonno risvegliata
   si alzò.

h Con balli canti e grande gioia
   il bel principe sposò.
   Con balli canti e grande gioia
   si sposò.

a Fare il girotondo attorno ad una bambina (la bella Addormentata);
b un'altra bambina (la fata cattiva) mima le parole del testo;
c un'altra bambina (la fata buona) mima le parole del testo;
d la bambina al centro finge di addormentarsi mentre gli altri
   stringono sempre di più il cerchio attorno a lei alzando le
   mani come a formare una siepe;
e un bambino (il principe) gira intorno a questa fino a che non
   riesce ad aprirsi un varco,
f bacia la bella Addormentata
g che finge di svegliarsi da un lungo sonno e si alza;
h tutti saltellano contenti in girotondo.

UN MAZZO DI VIOLE

Italia

Gi-ro gi-ro ton-do, il pa-ne è cot-to in for-no. Un

maz-zo di vi-o-le, per dar-le a chi le vuo-le.

a *Giro giro tondo,*
   il pane è cotto in forno.
   Un mazzo di viole,
   per darle a chi le vuole.
   [parlato] *Le vuole la Sandrina*

b *s'inginocchi la [il] più piccina[o].*

a   Fare il girotondo;
b   chi viene chiamato si inginocchia.

VOGLIO USCIR DI QUI!

Grecia

Or le por - te so - no chiu - se, no, non ti la - scia - mo an -

dar. Or le por - te so - no chiu - se. Vo - glio u - scir di qui!

Or le porte sono chiuse, no, non ti lasciamo andar.
Or le porte sono chiuse. Voglio uscir di qui!

Dove vuoi andar Maria, no, non ti lasciamo andar.
Dove vuoi andar Maria. Voglio uscir di qui!

In giardino voglio andare, no, non ti lasciamo andar.
In giardino voglio andare. Voglio uscir di qui!

Cosa vuoi fare nel giardino, no, non ti lasciamo andar.
Cosa vuoi fare nel giardino. Voglio uscir di qui!

Coglier fiori dai bei colori, sì, allora puoi andar.
Coglier fiori dai bei colori. Voglio uscir di qui!

Fare il girotondo attorno ad una bambina (Maria) che canta «Voglio uscire di qui» alla fine di ogni strofa, cercando di uscire dal cerchio; ci riuscirà ma solo alla fine della canzone.

19

SUR LE PONT D'AVIGNON

Francia

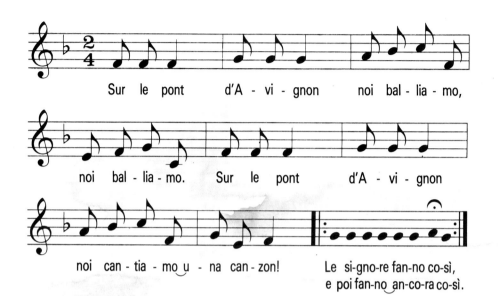

Sur le pont d'A - vi - gnon noi bal - lia - mo,

noi bal - lia - mo. Sur le pont d'A - vi - gnon

noi can - tia - mo u - na can - zon! Le si-gno-re fan-no co-sì, e poi fan-no an-co-ra co-sì.

R «Sur le pont d'Avignon»
   noi balliamo, noi balliamo.
   «Sur le pont d'Avignon»
   noi cantiamo una canzon!

a *Le signore fanno così,*
   e poi fanno ancora così.

b *I signori fanno così,*
   e poi fanno ancora così.

c *Gli ufficiali fanno così,*
   e poi fanno ancora così.

d *Le ballerine fanno così,*
   e poi fanno ancora così.

e *I violinisti fanno così,*
   e poi fanno ancora così.

f *I sarti fanno così,*
   e poi fanno ancora così.

R Fare il girotondo;
a fare la riverenza;
b fare l'inchino;
c fare il saluto militare;
d fare una piroetta;
e fingere di suonare il violino;
f fingere di cucire.

La canzone si può continuare mimando altri
personaggi a piacere.

TUTTI GIÙ PER TERRA

Italia

Gi - ro gi - ro ton - do, ca - sca il mon - do,

ca - sca la ter - ra e tut - ti giù per ter - ra.

a *Giro giro tondo,*
   casca il mondo,
   casca la terra

b *e tutti giù per terra!*

a Fare il girotondo;
b lasciarsi andare in terra.

UN CERBIATTO ALLA FINESTRA

Francia

Un cer-biat-to al - la fi - ne -stra, con-tem-pla-va la fo - re -sta,

quan-do vi - de un le-prot -tin che bus-sò co - sì:

«A - pri a - mi-co per fa - vor o mi uc-ci -de il cac - cia -tor!»

«En - tra le -pre vie - ni qua, su dam -mi la man».

a   *Un cerbiatto alla finestra,*

b   *contemplava la foresta,*

c   *quando vide un leprottin*

d   *che bussò così:*

e   *«Apri amico per favor*

f   *o mi uccide il cacciator!»*

g   *«Entra lepre vieni qua,*

h   *su dammi la man!»*

a   Alzare le mani sopra la testa come a formare le corna di un cervo;
b   scrutare tenendo la mano a parasole alla fronte con il palmo in basso;
c   alzare le mani sopra la testa come a formare le orecchie di una lepre;
d   fingere di bussare;
e   congiungere le mani come per pregare;
f   fingere di sparare imitando con il braccio un fucile;
g   fare «vieni» con il dito;
h   stringersi la mano a vicenda.

OR NEL BOSCO ANDIAM

Italia

Or nel bo-sco an-diam se c'è il lu-po noi scap-

piam se ci sen-ti-rà ci di-vo-re-rà!

a   *Or nel bosco andiam,*
    se c'è il lupo noi scappiam,
    se ci sentirà
    ci divorerà!

b   [parlato] *Lupo ci sei? Cosa fai?*

c   [parlato] *Mi sveglio, mi vesto.*

a Passeggiare in ordine sparso;
b fermarsi mettendo le mani alla bocca come a formare un me-
   gafono;
c un bambino (il lupo) risponde con queste parole o altre di
   sua fantasia.

Ripetere più volte. Alla fine il lupo risponderà «Vengo a far
colazione»; allora tutti fuggono inseguiti dal lupo; chi viene
catturato prende il posto del lupo.

CORRI CORRI TOPOLINO

Germania

Cor - ri cor - ri to - po - li - no, scap-pa svel - to nel bu - chi - no

hop hop hop, hop hop hop, to - po - li - no hop hop hop.

a *Corri corri topolino,*
   scappa svelto nel buchino

b *hop hop hop, hop hop hop,*
   topolino hop hop hop.

a   Fare il girotondo attorno a un bambino (il topo) mentre un altro (il gatto) viene lasciato fuori;

b   il girotondo finisce e il gatto comincia a dare la caccia al topo; gli altri, sempre disposti in cerchio, alzano le mani per far scappare il topo e subito le riabbassano per non fare entrare il gatto.

I TRE PORCELLINI

Danimarca

Ec-co qua tre por-cel - li - ni paf-fu - tel - li   bi - ri - chi - ni

sem-pre al-le-gri sem-pre in gam-ba che ti suo-na - no la   sam-ba.

a *Ecco qua tre porcellini*
   paffutelli birichini
   sempre allegri sempre in gamba
   che ti suonano la samba.

b *Uno batte il tamburello*
   o che bello, o che bello
   uno suona il mandolino
   la trombetta il più piccino.

c *Ed il pubblico giocondo*
   li accompagna in girotondo
   poi cominciano a cantare
   e si mettono a ballare.

a Fare il girotondo saltellando attorno a tre bambini (i tre
   porcellini) che a loro volta si tengono per mano e girano
   in senso inverso a quello del cerchio esterno;
b i tre porcellini fingono di suonare i loro strumenti mentre
   gli altri bambini battono le mani (ognuno per conto suo
   oppure a due a due: la mano destra dell'uno contro la
   sinistra dell'altro e viceversa);
c come a.

31

GIÙ NELL'ORTO

Francia

R Giù nell'orto a piantare
   le cipolle, le cipolle.
   Giù nell'orto a piantare
   le cipolle, ma che affare!

a *Le si piantan con i piedi*
   le cipolle, le cipolle.
   Le si piantan con i piedi
   le cipolle, non le vedi!

b *Le si piantan con le dita*
   le cipolle, le cipolle.
   Le si piantan con le dita
   le cipolle, che fatica!

c *Le si piantan con il naso*
   le cipolle, le cipolle.
   Le si piantan con il naso
   le cipolle, tutte a caso!

d *Le si piantan con la testa*
   le cipolle, le cipolle.
   Le si piantan con la testa
   le cipolle, che gran festa!

R Fare il girotondo;
a fingere di piantare le cipolle con i piedi;
b fingere di piantare le cipolle con le dita;
c fingere di piantare le cipolle con il naso;
d fingere di piantare le cipolle con la testa.

LA BELLA LAVANDERINA

Italia

La bel-la la-van-de - ri - na che la-va i faz-zo - let-ti

per i po-ve-ret-ti del-la cit - tà. Fai un sal-to

fan-ne un al-tro, fa' la gi-ra-vol-ta fal-la un'al-tra

vol-ta, guar-da in su, guar-da in giù, dai un ba-cio a chi vuoi tu!

La bella lavanderina che lava i fazzoletti
per i poveretti della città.
Fai un salto, fanne un altro,
fa' la giravolta, falla un'altra volta,
guarda in su, guarda in giù;
dai un bacio a
chi vuoi tu!

Fare il girotondo attorno ad un bambino che mima la canzone.
Il bambino che riceve il bacio prende il posto al centro e si
ricomincia a cantare.

IL MIO NONNO

Francia

Il mio non-no, la mia non-na, il mio cu - gin e poi gi - ra il mu - lin.

a   *Il mio nonno,*
       la mia nonna,
       il mio cugin,

b   *e poi gira il mulin.*

Disporsi per coppie: uno davanti all'altro; darsi le mani incrociando le braccia a otto:

a   stendere un braccio, poi l'altro;
b   lasciare le mani del compagno e fare una piroetta.

Ripetere dall'inizio.

37

ROSA ROSELLA

Italia

Ro - sa ro - sel - la la ro - sa è fio - ri - ta, bian - ca la
ro - sa in mez - zo al - le vi - o - le, fai la ri - ve -
ren - za a chi la vuo - i far. E [... ... ...] en - tra in
bal - lo e vi en - tra sen - za fal - lo, fal - la bal -
lar, fal - la bal - lar, se non ti pia - ce la - scia - la star.

a   *Rosa rosella, la rosa è fiorita,*
    bianca la rosa in mezzo alle viole,

b   *fai la riverenza a chi la vuoi far.*

c   *E* [nome] *entra in ballo*
    e vi entra senza fallo,
    falla[o] ballar, falla[o] ballar,
    se non ti piace lasciala[o] star.

a Fare il girotondo attorno ad un bambino che cammina in senso opposto a quello del cerchio,
b si ferma davanti ad un altro bambino, gli fa un inchino e si mette a saltellare con lui tenendolo sottobraccio;
c gli altri bambini battono le mani e cantano inserendo il nome del prescelto.

Alla fine della canzone questi prende il posto al centro e il gioco ricomincia.

FRATELLIN VIEN QUI CON ME

Germania

Fra - tel - lin vien qui con me, le due ma - ni io do a te,

or di qui, or di qua, pro - va e ti riu - sci - rà!

a *Fratellin vien qui con me,*
b *le due mani io do a te,*

R or di qui,
   or di qua,
   prova e ti riuscirà!

c *Con le mani clapp clapp clopp*
d *Con i piedi trapp trapp tropp*

e *Con la testa nic nic nic*
f *Col ditino tic tic tic*

a   Fare il girotondo;
b   darsi le mani a due a due;
R   dondolarsi a destra e a sinistra;
c   battere le mani;
d   battere i piedi per terra;
e   far «sì» con la testa;
f   picchiettare l'indice sul naso.

LA DANZA DEL SERPENTE

Italia

Que - sta è la dan - za del ser - pen - te, che vien giù dal

mon - te, per ri - tro - va - re la sua co - da, che ha per - so un

dì. Ma dim - mi un po', sei pro - prio tu, quel pez - zet -

tin del mio co - din? Sì!

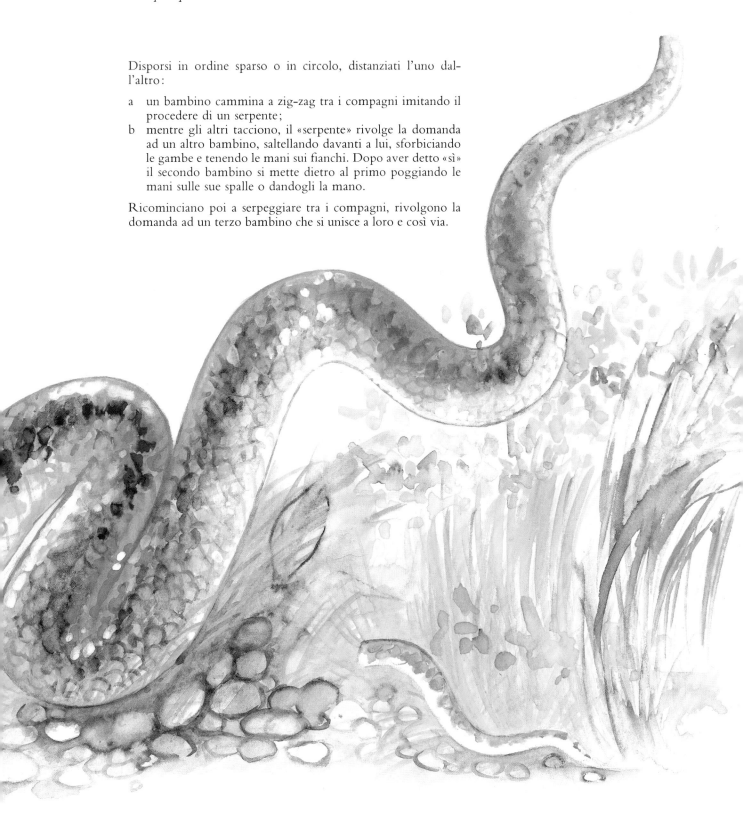

a   *Questa è la danza del serpente*
       che vien giù dal monte,
       per ritrovare la sua coda,
       che ha perso un dì.

b   *Ma dimmi un po',*
       sei proprio tu
       quel pezzettin del mio codin? Sì!

Disporsi in ordine sparso o in circolo, distanziati l'uno dall'altro:

a   un bambino cammina a zig-zag tra i compagni imitando il procedere di un serpente;

b   mentre gli altri tacciono, il «serpente» rivolge la domanda ad un altro bambino, saltellando davanti a lui, sforbiciando le gambe e tenendo le mani sui fianchi. Dopo aver detto «sì» il secondo bambino si mette dietro al primo poggiando le mani sulle sue spalle o dandogli la mano.

Ricominciano poi a serpeggiare tra i compagni, rivolgono la domanda ad un terzo bambino che si unisce a loro e così via.

PAVO-PAVONE

Spagna

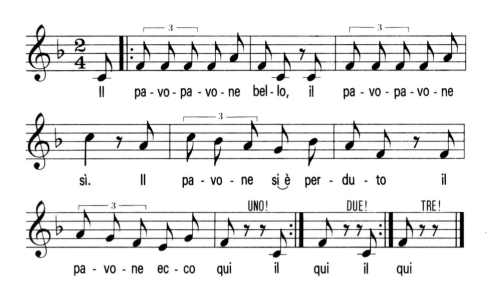

a   *Il pavo-pavone bello,*
    il pavo-pavone sì.
    Il pavone si è perduto
    il pavone ecco qui!
    Uno!

b   *Il pavo-pavone bello,*
    il pavo-pavone sì.
    Il pavone si è perduto
    il pavone ecco qui!
    Due!

c   *Il pavo-pavone bello,*
    il pavo-pavone sì.
    Il pavone si è perduto
    il pavone ecco qui!
    Tre!

Si gioca in numero dispari;

a   fare il girotondo girando a sinistra;
b   poi a destra;
c   quindi di nuovo a sinistra.

Dopo il «tre!» tutti cercano di formare delle coppie: chi rimane senza compagno è il pavone, viene deriso e deve fare una penitenza.

IL SALTIMBANCO

Germania

Ar - ri - vo spa - val - do io son un sal-tim - ban - co.

Co-me un can-gu - ro sal - to e poi, «No» fo con la te - sta,

scrol - lo le mie spal - le bat - to i pie - di. Vie - ni a bal-

lar con me, vien con me, gli al - tri can - tan un due tre.

a *Arrivo spavaldo*
io son un saltimbanco.

b *Come un canguro salto e poi,*
«no» fo con la testa,
scrollo le mie spalle
batto i piedi.
Vieni a ballar con me,
vien con me,
gli altri cantan un due tre.